LA HIJA DE LA
SERPIENTE
MARINA

A Dawn, quien trae nueva luz
a nuestra vida todos los días.
Versión en español de Argentina Palacios

Library of Congress Cataloging-in-Publication Data

Lippert, Margaret H.
  The sea serpent's daughter: a Brazilian legend / written and
adapted by Margaret H. Lippert; illustrated by Felipe Davalos.
    p.   cm.—(Legends of the world)
  Summary: Relates the traditional Brazilian legend of how the Sea
Serpent's gift of darkness to his daughter brings night to the
people of the rain forest.
  ISBN 0-8167-3053-9 (lib. bdg.)   ISBN 0-8167-3054-7 (pbk.)
  [1. Folklore—Brazil.]   I. Davalos, Felipe, ill. II. Title.
III. Series.
PZ8.1.L67Se   1993
398.21—dc20   92-21438

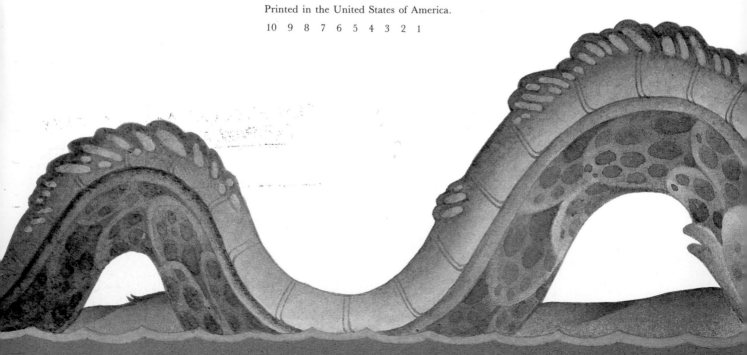

LEYENDAS DEL MUNDO

LA HIJA DE LA SERPIENTE MARINA

LEYENDA BRASILEÑA

**TEXTO Y ADAPTACION DE
MARGARET H. LIPPERT
ILUSTRACIONES DE
FELIPE DAVALOS**

TROLL ASSOCIATES

Hace mucho tiempo no había noche. Siempre había claridad. Nunca había oscuridad ni luz astral. No había amanecer ni atardecer. No había ni salida ni puesta del sol. No había pájaros, ni fieras, ni insectos nocturnos.

En esos días tan lejanos, había una gran serpiente que era el rey del mar. Vivía con su hija, llamada Bonita, en un palacio de coral adornado con perlas relucientes. En las profundidades del mar todo era oscuro y apacible. Las ballenas cantaban sus dulces cantos y otras criaturas marinas aparecían y desaparecían danzando entre las sombras. La gran serpiente marina y su bella hija vivían felices en la desembocadura del majestuoso Amazonas, donde ese inmenso río se encuentra con el mar.

Un día, Bonita se aventuró hasta la superficie del agua. Las playas de blancas arenas la llamaban y la joven salió del mar por primera vez. Suaves brisas le acariciaban la piel. El agradable aroma la atraía hacia las ramas cargadas de frutas. Maravillada por la extraña belleza de la tierra, se alejó más y más de su hogar hasta encontrarse en medio del verdor de la densa selva.

Por fin se topó con una aldea y la gente la rodeó. Jamás había visto nadie una criatura tan maravillosa. Los ojos le brillaban como el sol reflejado en el mar. Las fulgurantes ondas de la cabellera le caían por la espalda.

El cacique se le acercó, deslumbrado por su belleza. —¿De dónde vienes?— le preguntó.

—Del fondo del mar—, le contestó la joven—. Mi padre es la gran serpiente marina, el rey del mar.

La dulzura de Bonita le iluminaba los tiernos ojos verdes. El cacique se enamoró de ella desde el instante en que la vio.

—Bienvenida; puedes quedarte con nosotros—, le dijo—. No tienes más que pedir lo que desees y tu deseo será satisfecho.

Bonita aceptó la amable invitación del jefe. Pronto se hicieron muy buenos amigos. Se contaban las maravillas de sus respectivos mundos—ella, de la vida en el fondo del mar, él, de su vida en tierra firme. Con el tiempo, se casaron y vivieron felices entre los aldeanos.

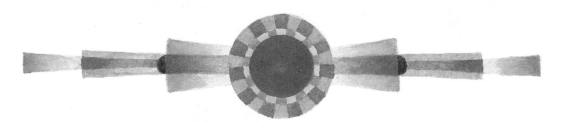

Pasado cierto tiempo, el cacique notó la tristeza de Bonita. Cada día se veía más decaída. Por fin, el cacique le preguntó qué podría hacer él por su esposa.

—¡Ay, esposo mío—, le dijo con un suspiro—, echo mucho de menos la oscuridad de los dominios de mi padre! Aquí siempre hay claridad. Aunque me encanta la claridad de tu mundo, a veces me canso y deseo descansar los ojos.

El cacique, por su parte, no deseaba nada más que la felicidad de su esposa. Presurosamente envió a sus tres servidores de más confianza a los dominios de la gran serpiente marina. —Tienen que pedirle que mande un poco de oscuridad de las profundidades del mar—, les dijo el cacique a sus hombres—. Sin ella, me temo que mi amada esposa se muera por la interminable claridad de nuestra tierra.

Los servidores emprendieron la larga y ardua jornada. Por fin, llegaron al lugar donde el río se encuentra con el mar. Caminaron por las arenas de la playa y expresaron el pedido a la gran serpiente marina. ...

Entonces, se pusieron a observar la superficie del mar y a esperar.

Allá en el lejano fondo del mar, la gran serpiente marina oyó el llamado. Enseguida hizo una fuerte bolsa de algas marinas. Luego echó en ella un poco de oscuridad de las profundidades del mar. Echó justo lo suficiente para que en la tierra hubiera oscuridad y claridad todos los días. Dejó justo lo suficiente para que en el fondo del mar siempre hubiera oscuridad.

Después que metió en la bolsa la cantidad adecuada de oscuridad, la ató con fuertes cuerdas de algas marinas. Entonces se impulsó hasta la superficie del mar con la larga cola enrollada firmemente alrededor de la bolsa. Los servidores vieron aterrados cómo se alzó por encima de las olas y arrojó la bolsa a la orilla.

—Allí va la oscuridad para mi hija—, tronó—. Llévensela y no abran la bolsa si no es en su presencia, porque si no, les acontecerá algo malo. Y desapareció en un gigantesco remolino.

Los servidores temblaban de miedo. Arrastraron la bolsa hasta el borde de la selva, desde donde empezaron el largo trayecto que los llevaría a la aldea.

Al principio, todo iba bien. Se turnaban para llevar **encima** de la cabeza la carga de oscuridad. Pero poco **después**, empezaron a salir de la bolsa unos sonidos **raros**.

Gruñidos, chillidos, zumbidos. Los hombres jamás habían oído tales sonidos y cada vez les daba más miedo.

—La oscuridad es una fuerza poderosa—, dijo el primer servidor-. ¡Dejemos la bolsa aquí y huyamos!

—¡No!—exclamó el segundo—. Tenemos que dársela al cacique. Sentémonos sobre la bolsa y aplastemos la oscuridad. Tal vez así se aquiete y entonces podremos llevarla a la aldea sin más problemas.

El tercer servidor estaba curioso. —Quién sabe qué aspecto tiene la oscuridad—, les dijo a los otros—. Voy a abrir la bolsa para cerciorarme.

—¡No! ¡No! ¡Moriremos!— gritaron los otros dos. Pero ya era tarde porque el tercer servidor había aflojado las ataduras de algas marinas.

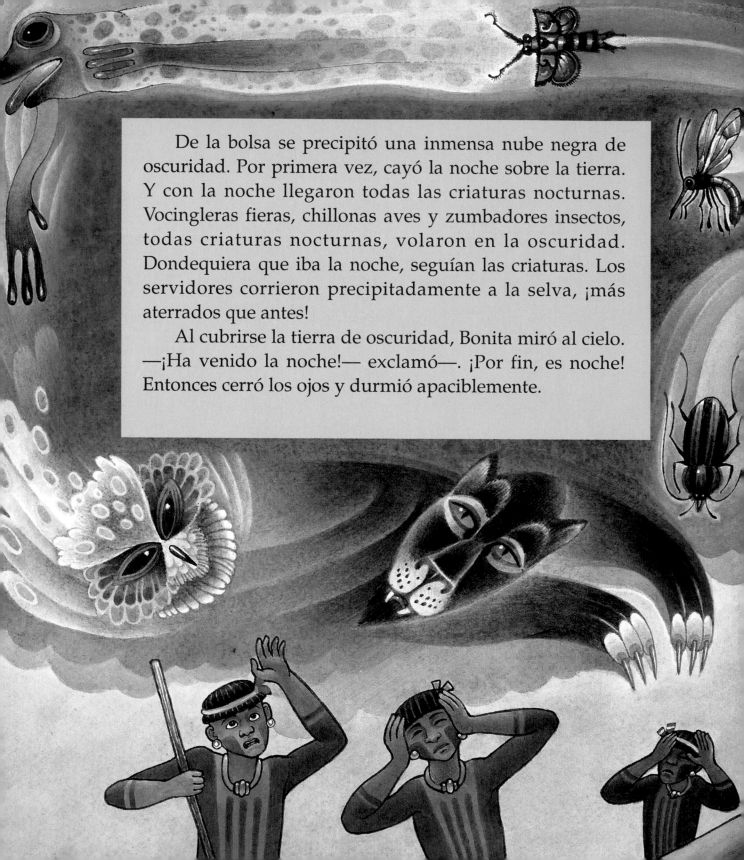

De la bolsa se precipitó una inmensa nube negra de oscuridad. Por primera vez, cayó la noche sobre la tierra. Y con la noche llegaron todas las criaturas nocturnas. Vocingleras fieras, chillonas aves y zumbadores insectos, todas criaturas nocturnas, volaron en la oscuridad. Dondequiera que iba la noche, seguían las criaturas. Los servidores corrieron precipitadamente a la selva, ¡más aterrados que antes!

Al cubrirse la tierra de oscuridad, Bonita miró al cielo. —¡Ha venido la noche!— exclamó—. ¡Por fin, es noche! Entonces cerró los ojos y durmió apaciblemente.

Cuando despertó, el primer sonido que oyó fue el canto de los pájaros. —¡Qué hermosa es la nueva luz!— dijo—. ¡Y qué alegres los cantos con que los pájaros saludan el nuevo día!

A partir de entonces, siempre ha sido así. Los pájaros son los primeros que despiertan y saludan la madrugada, las primeras horas de la mañana, con sus hermosos cantos.

Cuando llegó la luz del día, los tres servidores se escurrieron a casa con la bolsa vacía.

—¿Por qué llegó la noche antes que ustedes?— les preguntó el cacique. Los servidores tuvieron que admitir que habían abierto la bolsa, desobedeciendo a la gran serpiente marina. No habían esperado para llevarle el obsequio de la noche a su hija.

—Por la desobediencia que han cometido, los convertiré en monos—, declaró el cacique—. Desde este momento y por siempre, vivirán en los árboles. En el acto, los tres servidores se convirtieron en monos parleros.

Bonita tomó la bolsa vacía y miró adentro. En el fondo de la bolsa había una resplandeciente concha de ostra. —Enviaré esto al cielo—, dijo Bonita—, para que en todas partes los seres humanos recuerden a mi padre y su generoso obsequio de la oscuridad.

Entonces arrojó la concha a lo alto del cielo, donde se convirtió en la luna. Un puñado de arena refulgente marcó su camino y nacieron las estrellas.

Ahora tenemos oscuridad y claridad todos los días. Entre la oscuridad y la claridad tenemos la madrugada, anunciada por un coro de aves canoras. Al descender la oscuridad, tenemos el crepúsculo, la hora en que despiertan las criaturas nocturnas—fieras, aves e insectos.

Y siempre recordamos a la dulce Bonita y su cariñoso padre, el rey del mar, quienes hicieron posible toda esta maravilla.

En muchas culturas existen cuentos que explican el origen de la noche. *La hija de la serpiente marina* es una leyenda brasileña sobre cómo llegó la noche para los seres vivientes de la selva tropical.

La cuenca del Amazonas, donde se desarrolla el cuento, contiene la selva tropical más grande del mundo. En esa región hay una enorme variedad de animales. Más de 1,500 clases de aves, inclusive tucanes, guacamayos, pericos y loros, habitan en esta selva. Monos parleros, como los del cuento, saltan de árbol en árbol. Anacondas, boas constrictoras, osos hormigueros y toda clase de insectos también se pueden encontrar en esta región.

Pocos seres humanos habitan la selva tropical porque la tierra y el clima son desfavorables. El promedio anual de lluvia es entre 50 y 130 pulgadas (127 y 305 centímetros). Arboles que pueden alcanzar 200 pies de altura (61 metros) crecen tan cerca unos de otros que muy poca luz solar llega al suelo.

La región es fuente de madera y caucho para diversas poblaciones en todo el mundo. La preservación de la tierra se ha convertido en una fuente de gran interés a medida que la humanidad toma conciencia de la importancia de las selvas tropicales para que nuestro planeta sea un lugar saludable y equilibrado donde vivir.

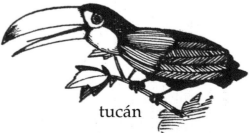

tucán